O gęsi, która zniosła złote j...

The Goose that laid the Golden Egg

Shaun Chatto ❖ Illustrated by Jago

Polish translation
Jolanta Starek-Corile

Mantra Lingua

Żył sobie kiedyś myśliwy, który mieszkał w gęstym lesie. Był wdowcem i nie miał wielu potrzeb. Posiłek przyrządzał z czegokolwiek, co nawinęło mu się pod rękę – z zająca, myszy, a w szczególnie uroczysty dzień, jeśli mu się poszczęściło, nawet z bażanta. A kiedy niczego nie złapał, jadał zupę warzywną. Pewnego dnia myśliwy natknął się na gęś błąkającą się nieopodal jego chaty. Zaczął za nią biegać tam i z powrotem, aż w końcu ją złapał. Myśliwy wepchnął ją pospiesznie do izby i zajął się szukaniem odpowiedniego przepisu w książce kucharskiej. Ale cała ta bieganina tak bardzo go zmęczyła, że wkrótce myśliwy zapadł w głęboki sen.

Once, there was a huntsman who lived deep in a forest. He was a widower and his needs were few. He would cook whatever he found – a hare, a mouse and on special days, if he was very lucky, even a pheasant. When he didn't catch anything, he had vegetable soup.
One day the huntsman found a goose wandering around outside his cottage. He chased the goose, here and there, until he finally caught her.
The huntsman bundled the goose into a room and then searched through his cookbook for a suitable recipe.
But all the running around had made him tired and he soon fell fast asleep.

Następnego ranka myśliwy obudził się i pospieszył do sąsiadującej izby. Znalazł tam gęś, która cichutko sobie podśpiewywała. A obok niej leżało coś dużego, błyszczącego i jajokształtnego!

Early the next morning, the huntsman woke up and rushed into the other room. There he found the goose, quietly singing to herself. And next to her was a large, glittering egg-shaped thing!

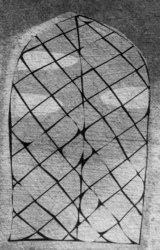

Myśliwy je podniósł. Było ono bardzo ciężkie i wyglądem wcale nie przypominało zwyczajnego jaja. Potrząsnął nim, ale nie wydało ono żadnego dźwięku. Z całą pewnością nie nadawało się ono do jedzenia, a i w żaden sposób myśliwy nie był w stanie rozbić błyszczącej i twardej skorupy. Nie wiedział, co ma począć!

The huntsman picked it up. It was very heavy and did not feel like an ordinary egg. He shook it, but it didn't make a sound. He certainly couldn't eat it as there was no way he could crack the shiny hard shell. He just didn't know what to do!

Po południu myśliwy wybrał się w podróż do miasta i poprosił swojego przyjaciela o pomoc. Jego przyjaciel poszturchiwał je i nakłuwał. – Ono, ono jest ze szczerego złota! – krzyczał zdumiony. I tak dwóch przyjaciół zaniosło je do jubilera, który z zaskoczeniem przyglądał się złotemu jaju! Myśliwy dostał za nie dużo pieniędzy. Uszczęśliwieni przyjaciele wyszli, przeliczyli pieniądze i wyprawili sobie ucztę w okolicznej karczmie.

That afternoon, the huntsman journeyed to the town to ask his friend for help. His friend poked and prodded the egg-shaped thing. "It's – it's made of solid gold!" he cried in amazement.
So the two friends carried it to the jeweller who was astonished to see a golden egg! She gave the huntsman a lot of money for it.
The friends went away, very happy. They counted out the money and then they had a feast at the local inn.

Każdego ranka myśliwy w pośpiechu udawał się do izby, w której trzymał gęś. I co rano zastawał ją tam cichutko śpiewającą oraz wielkie złote jajo! Myśliwy bardzo się wzbogacił, sprzedając złote jaja jubilerowi, który też zrobił na tym niezłą fortunę! Myśliwy sprawił sobie wielkie wygodne łóżko. Zakupił większą spiżarkę, którą wypełnił dużą ilością smacznego jedzenia. Kupił także skrzypce, bo miał dużo wolnego czasu i nie musiał chodzić już na polowania.

Now each morning the huntsman rushed to the room where he kept the goose. And every morning he found the goose singing quietly to herself – and a large golden egg!
He became rich selling the eggs to the jeweller who also became wealthy!
The huntsman treated himself to a large comfortable bed. He got a bigger larder which he stocked with lots of delicious food. He also bought a violin, as he had lots of time on his hands, and he didn't need to go hunting any more.

Lecz tak jak inni ludzie, myśliwy nie był szczęśliwy
z tego, co miał. Stał się chciwy i chciał mieć coraz
więcej. Zaczął się niecierpliwić
i nie wystarczyło mu już tylko jedno jajo dziennie –
chciał je wszystkie na raz! Więc myśliwy obmyślił
pewien plan. Zaprosił gąskę do swojej kuchni, aby
razem zaśpiewali piosenkę.
Gęś była zachwycona.
Lecz jak tylko otworzyła usta...

But, like many people, the huntsman wasn't happy with
what he had. He became greedy, and wanted more and
more things.
He became impatient, and didn't want just one egg a day
– he wanted them all in one go!!
So the huntsman thought of a plan. He invited the goose
into his kitchen to sing a song together.
    The goose was delighted!
        But as soon as she opened her mouth ...

CIACH!
Myśliwy ją zabił. Szybko rozciął jej brzuch w oczekiwaniu, że znajdzie tam więcej złotych jaj.
Ale kiedy zajrzał do środka, nic tam nie znalazł, nic oprócz - jej wnętrzności! Nie było tam
żadnych złotych jaj! Myśliwy usiadł i głośno zapłakał – Dlaczego zabiłem gęś,
która znosiła złote jaja?

CHOP!
The huntsman killed the goose.
He quickly cut her open, expecting to find many more golden eggs.
But when he looked inside he found nothing, nothing but – her insides!
There were no golden eggs!
The huntsman sat down and wept, "Oh why have I killed the goose
that laid the golden eggs?"

Feelings ⓘ ❓

In *The Goose that Laid the Golden Egg*, the characters go through many different emotions as the story progresses. Think back to what happened in the story – can you work out which pictures below represent which emotion? Why not try retelling the story from the perspective of each character, using the thoughts and feelings that particular character might be experiencing.

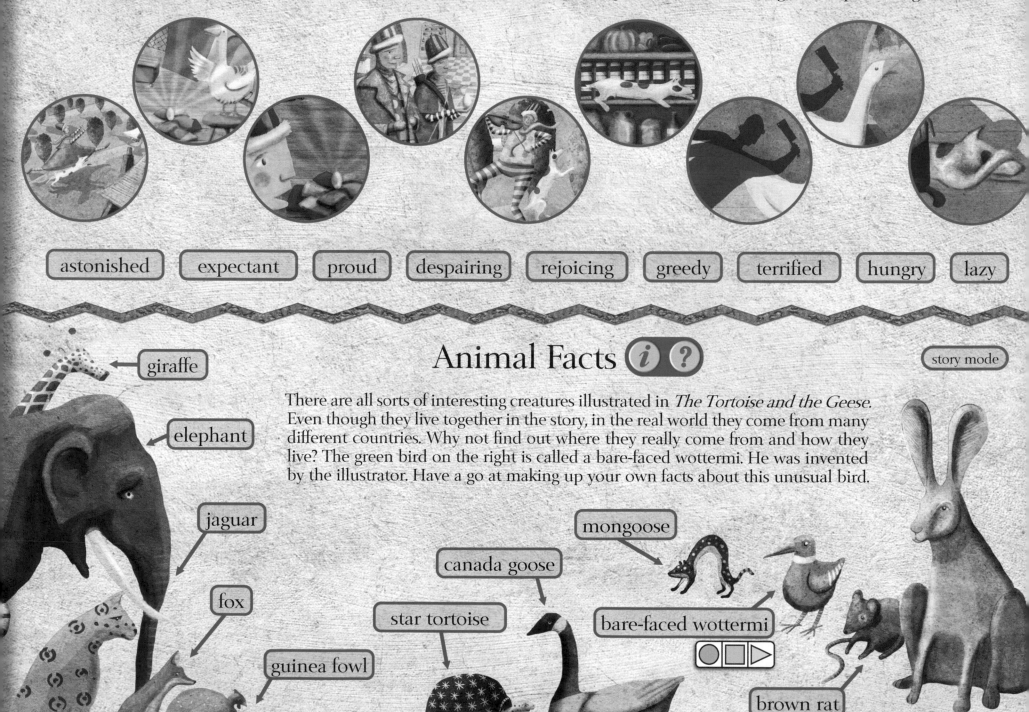

| astonished | expectant | proud | despairing | rejoicing | greedy | terrified | hungry | lazy |

Animal Facts ⓘ ❓

story mode

There are all sorts of interesting creatures illustrated in *The Tortoise and the Geese*. Even though they live together in the story, in the real world they come from many different countries. Why not find out where they really come from and how they live? The green bird on the right is called a bare-faced wottermi. He was invented by the illustrator. Have a go at making up your own facts about this unusual bird.

giraffe

elephant

jaguar

fox

guinea fowl

star tortoise

canada goose

mongoose

bare-faced wottermi

brown rat

hare

Żółw i gęsi

The Tortoise and the Geese

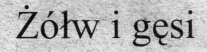

Tak długo jak tylko sięgnąć pamięcią, żółw mieszkał przy stawie. Każdego ranka przesiadywał w cieniu figowca, opowiadając długie i rozwlekłe historie, przeważnie o sobie. Żółw nigdy nie miał czasu, aby słuchać innych zwierząt, więc wkrótce i one zaczęły go unikać. Jednak nie powstrzymało to żółwia od dalszych opowiadań. Codziennie opowiadał historie i dowcipy wymyślonej widowni. Zobaczyły to inne zwierzęta i powiedziały – Biedaczyna! Już całkiem postradał zmysły!

For as long as anyone could remember, the tortoise had lived by the pond. Every morning he could be found in the shade of the banyan tree, telling long rambling stories, mostly about himself.
The tortoise never had any time to listen to the other animals and they soon began to avoid him. This didn't stop the tortoise from talking. Every day he would sit telling stories and jokes to an imaginary crowd.
The other animals saw this and said, "Poor thing! He's quite mad!"

Jesienią, para młodych gęsi wylądowała na stawie, przy którym ujrzały gadającego do siebie żółwia. – Cześć, dziadku! – zawtórowały chórkiem. Żółw odwrócił się i spojrzał na nie żałosnym wzrokiem. – Witam – odrzekł drżącym jak piorun głosem. – A z kim mam do czynienia? – Jesteśmy Braćmi Gąsiorami – odrzekli.

That autumn, a pair of young geese landed on the pond, where they saw the tortoise talking to himself. "Hi Granddad!" they chorused. The tortoise turned and looked at them with woeful eyes. "Hello," he rumbled in his deep voice. "And who are you?" "We are the Geese Brothers," they replied.

W ciągu niespełna kilku dni, trójka ta blisko się zaprzyjaźniła i często widywano ich razem pływających po stawie.

Within a few days, the three became good friends and were often seen swimming together on the pond.

Jednak wkrótce nadszedł czas, aby gęsi wróciły do domu i przyleciały pożegnać się z żółwiem.
- Proszę, zabierzcie mnie ze sobą – błagał żółw.
- Ale ty nie umiesz latać, dziadku! – odrzekły zdziwione gęsi.
- Ale mam sprytny plan – wyszeptał żółw. – Jeśli we dwóch przytrzymacie ten kawałek
drewna, ja złapię go ustami. A kiedy odlecicie, uniesiecie mnie razem z wami!
- Cóż za zuchwały plan – zawtórowały gęsi.

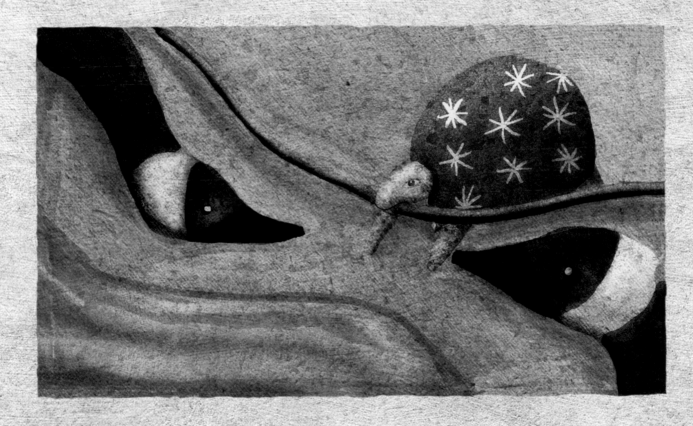

But all too soon it was time for the geese to return home, and they came to say goodbye to the tortoise.
"Please take me with you," pleaded the tortoise.
"But you can't fly, Granddad!" replied the amazed geese.
"I have a cunning plan," whispered the tortoise. "If the two of you can hold this piece of wood, I shall
hang onto it with my mouth. When you fly off, you will be carrying me too!"
"What a clever plan," said the Geese Brothers.

W dzień odlotu wieści rozeszły się po całej okolicy i wszystkie zwierzęta gromadnie się zebrały, aby ich pożegnać. Było im trochę smutno. W końcu żółw mieszkał tu od ZAWSZE.

On the day of departure, word had spread and all the animals gathered to say goodbye. They were a little bit sad. After all, the tortoise had lived there for EVER.

Gęsi złapały nogami kawałek drewna, a żółw chwycił go mocno swoimi
zębami. Zamaszystym ruchem skrzydeł gęsi poszybowały w kierunku nieba
z żółwiem zwisającym na gałęzi. Zwierzęta nie posiadały się z zachwytu,
gdy ujrzały ten niezwykły widok!

The Geese Brothers held the piece of wood with their feet. The tortoise gripped
it firmly in his mouth. With a whoosh the Geese Brothers flew up into the sky,
with the tortoise dangling from the wood. The other animals gasped as they
saw this amazing sight!

Wspaniałe trio niebawem przelatywało nad zielonymi polami z nakrapianymi drzewami i jeziorami, po których żaglówki przesuwały się delikatnie z siłą wiatru. Lecieli nad ciemnymi lasami i wysokimi górami. Żółw nigdy nie był za granicą i przyglądał się wszystkiemu z oczarowaniem. Jaki ogromny i wspaniały był świat! Żółw był z siebie bardzo zadowolony, że jego plan tak dobrze się powiódł.

The trio were soon flying over green fields dotted with
trees, and lakes where sailboats glided gently in the wind.
They flew over dark forests and high mountains.
The tortoise had never been abroad and he
watched in amazement. What a large and
wonderful world there was to see!
He felt quite pleased that his little plan
had worked so well.

Jakiś czas później przelatywali nad wielkim miastem. Dzieci bawiące się w parku spojrzały do góry i ze zdziwieniem krzyknęły – Mamo, spójrz – latający żółw! – Cicho kochanie... zaczęła uspokajać mama, ale wkrótce ona też zobaczyła latającego żółwia i stanęła w osłupieniu. W chwilę po tym przyłączyli się do nich pozostali i zebrał się pokaźny tłum. Wszyscy wskazując palcem w kierunku nieba klaskali w ręce i radośnie wołali.

After a while they flew over a large city.
Some children playing in a park looked up and gasped, "Look Mum – a flying tortoise!"
"Hush dear ..." the mother started to say, and then she too saw the flying tortoise and
her jaw dropped.
Soon others joined them and a crowd gathered, all pointing to the sky, clapping and cheering.

Żółw usłyszał cały ten zgiełk i zamieszanie dochodzące z ziemi, i zobaczył ludzi wskazujących palcem w jego kierunku. Zdenerwowało go to. Pomyślał, że ludzie naśmiewają się z niego i zdecydował, że powie im, co o tym myśli.

The tortoise heard the hullabaloo down below and saw the people pointing their fingers in his direction. The tortoise felt annoyed. He thought they were making fun of him and so he decided to tell them what he thought.

Żółw otworzył usta...
puścił gałąź... i spadł!

The tortoise opened his mouth ...
lost his grip ... and fell!

- Raatuunku! – krzyczał,
gdy spadał na ziemię
w piorunującym tempie.

"Heelpp!" he screamed,
as he hurtled through the air.

Żółw spadł z hukiem na wielki liściasty krzak, pod którym
zając ucinał sobie popołudniową sjestę.
- Mogłeś mnie zabić! – krzyknął przestraszony zając.
- Zabić ciebie? Co masz na myśli mówiąc 'zabić *ciebie*...'? –
wrzasnął żółw.
Wtedy właśnie zatrzymał się i zastanowił...

The tortoise landed heavily on a large leafy bush where a hare
was having his afternoon siesta.
"You could have killed me!" screamed the startled hare.
"Killed you? What do you mean killed *you* ...?" the tortoise shouted back.
Then he stopped, and he thought ...

Lecz gdy ponownie otworzył usta, przemówił spokojniejszym głosem. – Przepraszam, panie Zającu, ale czasami gadam bez zastanowienia i dlatego spadłem właśnie na ciebie.

And when he next opened his mouth, he spoke softly, "I'm sorry Mr Hare, sometimes I talk without thinking and that's why I landed on you."

- A co się stało? – zapytał zając.
- No cóż, to długa historia – odrzekł żółw
– ale jeśli *naprawdę* chcesz wiedzieć,
z chęcią ci ją opowiem.

"What happened?" asked the hare.
"Well, that's a long story," said the tortoise, "but if you *really*
want to know, I will be happy to tell you."

Tell your own Goose Fable!

The Goose that Laid the Golden Egg

The Tortoise and the Geese